Mon roman CHASSE AU TRÉSOR

MISSION CADEAUX

Texte de Paule Batault
Illustrations de Jérémy Guignette

Larousse Jeunesse

COMMENT TROUVER LE PÈRE NOËL ?

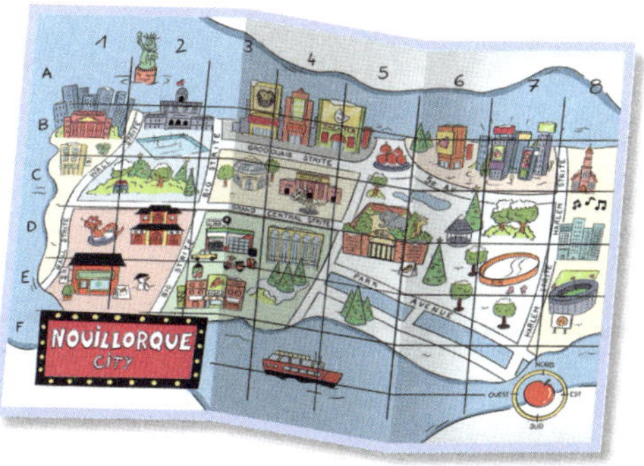

- Déplie la carte qui est à la fin de ton livre.
- Garde la carte ouverte pendant que tu lis.
- Résous les 9 énigmes au fil de l'histoire : elles te permettront de cocher les cases où le père Noël n'est pas.
- À la fin, il restera une seule case qui ne sera pas cochée : c'est là que se trouve le père Noël !

Bonne lecture et bonne chance !

ROGER

Chapitre 1

Vivre au palais présidentiel, c'est… euh, comment dire ? Quand on aime écouter aux portes, fourrer son nez dans les affaires des autres, ça peut être intéressant. Voire très intéressant. Je suis toujours la deuxième informée de tout, juste après ma mère, la présidente de la République. Enfin, pas cette fois. À sa demande, ministres et conseillers ont redoublé de vigilance pour me cacher la vérité. Mais c'était clairement me sous-estimer…

– Mince ! Tu étais au courant toi aussi ? je demande à mon garde du corps en agitant sous son nez la carte des services secrets. Et pourquoi tu ne m'as rien dit ?

– Secret d'État, il me répond.

Il faut savoir que Roger, mon garde du corps, n'est pas bavard. Mais à part ça, il est très gentil. Il me suit partout et il fait tout ce que je lui dis.

– Donc, si je comprends bien, le père Noël a disparu ? Avec sa hotte et tous ses cadeaux ?

– Affirmatif.

– Mais, d'après ce que je vois, les services secrets ont enfin une piste ! Ils pensent que le père Noël est à Nouillorque ! je dis en lui montrant la carte.

– Affirmatif.

Hélas, la mission est annulée. Parce que, selon ma mère, il y a plus important à faire…

Le peuple est en colère (pour des raisons qui n'ont rien à voir avec la disparition du père Noël). Dans la rue, on entend la foule gronder. Et donc, la priorité de ma mère est, mot pour mot, de *réinstaurer la paix sociale dans notre pays*. Je ne sais pas ce que ça veut dire mais je lui souhaite bonne chance.

– Si c'est comme ça, on s'en occupe ! je m'exclame. On va le retrouver, nous, le père Noël ! Et les cadeaux que les enfants ont commandés ! Roger : on part à Nouillorque !

Roger n'a pas l'air emballé par cette idée. Mais, de toute façon, il n'est jamais emballé par mes idées. Pour ne pas inquiéter mes parents, je leur explique mon projet dans une lettre trop chou pour qu'ils ne soient pas fâchés…

Énigme n°1

Décode la lettre en remplaçant les petits cœurs par des voyelles.

Chapitre

2

– Vous êtes arrivés à destination. Vous pouvez détacher vos ceintures de sécurité ! annonce le pilote de l'avion.

Tandis que nous débarquons à l'aéroport de Nouillorque, je me remémore mon dernier Noël sans père Noël… J'avais reçu une bouilloire électrique… achetée à la dernière minute !

Il faut dire que tous les supermarchés du pays avaient été dévalisés. Les parents, horrifiés de ne rien trouver sous le sapin, avaient tous eu la même idée. Mais à l'époque, je ne me doutais de rien. Comme tous les enfants, je m'étais juste imaginé que le père Noël devenait un peu gâteux.

J'en étais là de mes réflexions quand soudain, Roger a grogné et deux douaniers nous ont poussé à l'intérieur d'un bureau secret. J'ignore comment mais ils étaient au courant pour notre mission top secrète.

– *Hello ! Ze* disparition du père Noël est une *big* catastrophe pour le monde entier, dit l'un.

Ils semblent vouloir nous aider. Le second douanier se met aussi à nous parler en pointant ma carte du doigt. Hélas je n'ai pas compris ses paroles parce qu'un avion décolle pile à ce moment-là… C'est le problème des aéroports, ils sont toujours trop bruyants.

Je n'ose pas demander au douanier de répéter, ça ne fait pas très sérieux pour une détective.

– Roger, t'as compris ce que le deuxième douanier a dit ? je lui demande.

– Négatif.

Énigme n°2

Noircis les CHHHH pour comprendre ce que dit le douanier.

Avant de nous quitter, les deux douaniers nous conseillent de nous munir d'un portrait-robot du père Noël. Ça facilitera nos recherches.

– Je connais quelqu'un qui peut aider *you*, dit l'un. Allez au *Garage di Papa*, *and* demandez *for* Angelo, dans le quartier italien.

– Et surtout, dit l'autre, ne dites à aucun enfant que le père Noël a disparu. Ici, *it's a big secret**. *We have* assez de problèmes comme ça…

Nous quittons l'aéroport, direction le quartier italien, dans le froid glacial. Je trouve sans difficulté le *Garage di Papa* et le fameux Angelo qui accepte de réaliser le portrait-robot du père Noël.

---

* C'est un grand secret.

Quand il a terminé, il me demande 176,20 dollars. Roger sort mon porte-monnaie de sa veste et me tend les billets.

– *Thank you !* me dit Angelo. Puis il ajoute : le père Noël n'est pas dans mon quartier. Tu peux barrer toutes les cases qui s'y trouvent, fillette.

Énigme n° 3

Repère le quartier italien sur la carte puis barre toutes les cases situées dans cette zone.

Il ne me reste plus que 7 quartiers à éliminer mais c'est un bon début !

– *Bye bye !* je dis à Angelo en le saluant.

N'empêche, plus tard, j'aimerais bien faire des portraits-robots comme lui. Ça a l'air sympa comme boulot !

Chapitre 3

C'est l'heure du déjeuner quand nous arrivons dans le quartier chinois. Par chance, les restaurants ne manquent pas !

– Tu préfères lequel ? je demande à Roger. Ce restaurant vante une authentique cuisine chinoise à des prix très raisonnables et celui-là, les meilleures spécialités asiatiques de Nouillorque.

Pour toute réponse, il s'engouffre dans un restaurant de pattes de poulets sautées. Berk ! Je le suis à l'intérieur à contre-cœur : c'est sombre, humide et bruyant. Je préférerais aller ailleurs, mais quand Roger-tête-de-mule a

quelque chose en tête… Il accoste alors un très vieux chinois assis derrière le bar et lui montre le portrait-robot du père Noël. J'ai l'impression qu'ils se connaissent Roger et lui. Ce sont peut-être d'anciens adversaires ? En effet Roger est un joueur de go* confirmé. Il participe chaque année aux championnats mondiaux des sports cérébraux. Le très vieux chinois observe le portrait puis il hausse les épaules et dit :

* Jeu chinois.

Énigme n°4

Et toi, tu comprends les paroles du très vieux chinois ? Utilise un miroir pour t'aider et retourne ton livre.

Bon, pour moi c'est du chinois…

Mais Roger, lui, semble avoir tout compris. Il s'incline respectueusement puis quitte le restaurant.

– Et mon repas ? J'ai toujours faim moi ! je rouspète dans son dos.

Alors Roger se retourne vers moi et sort de sa veste… une barre chocolatée. Ouf ! J'ai eu peur que ce soit une patte de poulet.

Maintenant Roger m'entraîne dans le quartier des finances. Là-bas, il a un indic* qui a des infos pour nous. Nous le retrouvons au 58e étage d'un gratte-ciel où se trouve une banque. Comme son indic partage son bureau avec d'autres banquiers trop curieux, il nous remet

* Un indicateur, une personne qui a des renseignements.

un message plié qu'il nous demande d'ouvrir loin des regards indiscrets. Impatients, nous traversons à grands pas la banque et prenons l'ascenseur pour sortir du gratte-ciel. 57, 56, 55… La descente est interminable. 44, 43, 22… À chaque étage la porte s'ouvre pour laisser entrer ou sortir des gens. 31, 30, 29… Ça prend un temps fou. 21, 20, 19… D'agacement, je tortille le message entre mes doigts… 8, 7, 6… et je finis par le déchirer !

– Oups…

Roger me fait les gros yeux.

– T'es fâché ?

– Affirmatif.

– Euh, ça peut se recoller, non ?

Énigme n° 5

Aide-moi à recoller les morceaux pour pouvoir lire le message.

Chapitre 4

Pour me faire pardonner d'avoir déchiré le message, j'invite Roger au théâtre. Voir une comédie musicale à Nouillorque est une chance que personne ne devrait manquer. Même pas Roger. Et puis une connaissance à lui nous y attend. Nous avons rendez-vous dans les coulisses après le spectacle. Et quel spectacle ! C'est le Roi lion ! Trop bien ! C'est magique ! Les décors, les costumes, les chanteurs et les danseurs sont fantastiques. Finalement, je vais peut-être faire théâtre comme métier ? Et puis c'est tellement chou de voir Roger-cœur-tendre verser une petite larme à la mort de Mufasa…

Tandis que le public applaudit, Roger et moi nous nous faufilons dans les coulisses. Il y a beaucoup de monde mais personne ne fait attention à nous.

Nous trouvons enfin la loge de Miss Sun, la copine de Roger, et entrons à l'intérieur. Elle n'est pas là. Mais un message tracé au rouge à lèvre sur un miroir semble nous être destiné. Miss Sun a pris le soin de coder le message afin que personne d'autre ne puisse le comprendre. Sauf que, moi aussi, j'ai du mal à piger…

Énigme n°6

Trouve le chemin menant à la bouche et écris sur les pointillés les lettres que tu rencontreras sur ton chemin.

Heureusement que Roger est hyper fort en sport cérébral. En quelques secondes, il décode le message de Miss Sun.

– Que ferais-je sans son cerveau body-buildé ? je me dis en barrant de nouvelles cases sur ma carte.

Nous remontons la rue Brodouais strite puis la 5e avenue, jusqu'au quartier des grands magasins. On dit que Nouillorque est la ville où on ne dort jamais et c'est vrai.

Ça n'empêche que moi je commence à fatiguer et ce, malgré les barres chocolatées que me tend Roger à chaque coup de mou. Il va vite falloir trouver un endroit pour la nuit. Je regarde les écrans géants et les panneaux publicitaires lumineux. Il y a des publicités pour des voitures, pour des séries télévisées, pour des vacances de rêve au soleil mais aucune pour des hôtels. Je commence à me décourager quand Roger sursaute.

– Regarde, il me dit en me montrant un écran géant.

Ça alors, on voit le père Noël faire ses courses dans l'un des grands magasins et c'est en direct ! Génial, ça veut dire qu'on est à deux doigts de le trouver. Mais Roger n'est pas de cet avis. Il pense que la vidéo est truquée. Comment savoir ?

Énigme n° 7

Trouve des différences entre l'image sur l'écran et le quartier des grands magasins pour prouver que la vidéo est fausse.

Roger avait raison, la vidéo à l'écran était une fausse piste : le père Noël n'est pas dans le quartier des grands magasins. Tant pis ! Je coche les cases sur ma carte.

De toute façon, à cette heure-ci, plus rien n'a d'importance pour moi : je veux juste dormir. Roger-Œil-de-Lynx me montre alors l'enseigne lumineuse d'un hôtel. Décidément rien ne lui échappe ! Ouf ! Après cette journée bien remplie, je me réjouis d'aller au lit. Bonne nuit !

JAZZ

Chapitre 5

Après un bon gros dodo, des œufs et du bacon pour moi, et des pancakes pour Roger, nous partons visiter un quartier à l'est de Nouillorque. En passant près d'un club de jazz, nous entendons de la musique.

– Et si on entrait ?

Dans le club à l'ambiance tamisée, un musicien se lance dans un solo de trompette. C'est sûr, il a de l'allure ! Je commence à envisager de devenir trompettiste plus tard. Bah oui, pourquoi pas ? En fait tous les métiers me font envie. Tous, sauf présidente de la République. C'est simple, depuis que ma mère occupe cette fonction, elle ne rigole plus jamais. D'abord, elle travaille trop. Et puis ses collègues, les ministres, ne sont pas très sympas. Ça me déprime, rien que d'y penser. C'est alors que Roger me murmure à l'oreille :

– Écoute bien, je crois que le trompettiste cherche à nous dire quelque chose.

Énigme n° 8

Décode la musique du trompettiste :

Comment ça ? Lui aussi est au courant pour notre mission ?

Mon petit doigt me dit que Roger-le-cachottier ne m'a pas conduit dans ce quartier par hasard.

– Avoue ! Le trompettiste est un ami à toi ? je lui demande après avoir barré de nouvelles cases sur ma carte.

En guise de réponse, il me fait un clin d'œil malicieux. Ça veut tout dire !

Je réalise alors que nous avons éliminé presque tous les quartiers. Il ne reste plus que la mer et le parc Central. Et comme, à mon avis, le père Noël n'aime pas trop nager, je penche pour le parc. On l'appelle le poumon vert de Nouillorque. Même si avec toute la neige qui est tombée, il ressemble davantage au poumon blanc. Enfin, bref, tout ça pour dire que le père Noël ne peut être que là-bas ! Hélas, le parc est immense !

– J'en ai marre, je grommelle pour moi-même.

Mais je ne peux pas baisser les bras, si proche du but. Alors, croc ! une petite barre chocolatée et ça repart ! Merci Roger !

Nous nous arrêtons devant le kiosque. Bien sûr, il n'y a aucun père Noël en vue. Mais ce couple d'amoureux pourra peut-être nous renseigner ?

Énigme n°9
Déchiffre ce rébus.
...pi

Chapitre 6

Sans perdre une minute, nous nous rendons à la patinoire en plein air située à l'est du parc. Et là, qui voyons-nous en train de faire des arabesques et des sauts de biche sur la glace ?

Le père Noël ! Apparemment, il est ici de son plein gré.

– Ça alors, il se débrouille super bien ! je dis à Roger.

Roger, qui a toujours une longueur d'avance, sort de sa veste deux paires de patins. Nous les enfilons aussitôt pour rejoindre le père Noël sur la glace. J'avoue que le bonhomme m'impressionne… Faut dire que c'est une légende. Et me voilà toute intimidée quand je lui demande :

– Bonjour père Noël euh… vous êtes en vacances ?

Ma question doit l'amuser car il se met à glousser comme une dinde.

– Non, hi hi hi, je suis à la retraite, il me répond finalement avec un grand sourire.

Là, j'avoue, je suis choquée.

– Sérieusement ? Mais vous ne pouvez pas vous arrêter comme ça !

– J'ai atteint l'âge, ma petite. Et je l'ai bien mérité !

Ça alors, je n'en reviens pas !

– Et… et les enfants ? je bégaye. Vous pourriez faire un petit effort pour les enfants !

– Les parents s'en occupent !

– Mais moi, je préfère vos cadeaux ! D'ailleurs ils sont où ? Noël approche et…

– Sache que je ne me promène pas toujours avec mes cadeaux sur le dos, me corrige le père Noël.

– Ça veut dire que vous les avez perdus ? je m'inquiète.

– Mais non, voyons ! Les cadeaux sont dans mon atelier avec les lutins. C'est eux qui les fabriquent. Et ils se débrouillent très bien sans moi !

– Il faut donc trouver une autre personne pour les distribuer, n'est-ce pas Roger ?

– Affirmatif.

Alors le père Noël se gratte la tête et déclare :

– Toi ! Tu feras ça très bien !

Et hop ! Il me tend les clés de son traîneau.

– Les rennes te guideront jusqu'à mon atelier.

Après quoi, le père Noël fait une pirouette sur la glace, et puis s'en va.

Et voilà comment je suis devenue mère Noël, le plus beau des métiers !

Avec Roger… pour m'assister !

TON PLAN DE NOUILLORQUE

SOLUTIONS

Énigme nº 1

Mes petits parents chéris,
Je pars à la recherche du père Noël et de sa hotte pleine de cadeaux.
Roger m'accompagne et nous serons bientôt de retour. Enfin, si tout va bien…
Gros bisous

Énigme nº 2

Le douanier dit : « Vous pouvez pouvez barrer toutes les cases situées dans le quartier des musées. Le père Noël n'y est pas. » Tu peux cocher les cases C3 et C4.

Énigme nº 3

Tu peux cocher les cases du quartier italien : les cases D3, D4, E3 et E4.

Énigme nº 4

Le très vieux chinois dit : « Il n'est pas entre la rue Wall strite et la rue Grand central strite. »
Tu peux cocher les cases B2, C1, C2, D1, D2, E1, E2.

Énigme nº 5

Le message recollé dit : « J'ai cherché partout. Le père Noël n'est pas à l'ouest de la rue Wall strite. Il faut chercher ailleurs. Bonne chance !
Signé, Jonathan. »
Tu peux cocher les cases à l'ouest de la rue Wall strite, c'est-à-dire à gauche sur la carte.
Tu coches les cases A1, B1, C1, D1 et E1.

Énigme nº 6

En suivant le labyrinthe, on obtient : « Pas dans le quartier des théâtres ». Tu peux cocher les cases A3, B3, A4, B4, A5, B5.

Énigme nº 7

Le père Noël n'est pas dans le quartier des grands magasins. Tu peux cocher les cases A6, B6, A7, B7.

Énigme nº 8

Le trompettiste dit : « Le père Noël n'est pas à l'est de la rue Harlem strite. »
Tu peux cocher toutes les cases à l'est (à droite sur la carte) de cette rue : B8, C8, D8, E8.

Énigme nº 9

Le couple d'amoureux dit : « Il est à la patinoire. » (île – haie – A – la – pas – TI – noir).
Tu peux cocher toutes les cases du parc où ne figure pas la patinoire : C5, C6, C7, D5, D6, E7.